LA APASIONANTE VIDA DE
MUJERES FAMOSAS

LA APASIONANTE VIDA DE
MUJERES FAMOSAS

EDITORIAL MOLINO

SEMÍRAMIS
LA REINA DE ASIA

Nadie podía imaginar que una mujer llegaría a ser reina de Asia, hasta el fatídico día en que el rey de los asirios cayó herido mortalmente ante las murallas de Babilonia. Cuando un mensajero entró en los aposentos de Semíramis para darle la noticia de la muerte de su esposo y de la sublevación de Babilonia, una doncella estaba trenzando el largo cabello de la reina.

Semíramis contuvo las lágrimas, pidió un caballo y se fue inmediatamente a Babilonia, donde convocó a los generales y dio las órdenes necesarias.

A los guerreros no les resultó fácil obedecer a una mujer, pero Semíramis no se dejó intimidar. No era el momento de discutir, tenía que conquistar la ciudad. Gracias a la audaz estrategia de la reina, el ejército consiguió la victoria. Al regresar a Kalah, capital del reino asirio, Semíramis fue proclamada «Señora Reina» y gobernó en nombre de su hijo, que era demasiado joven para ocupar al trono. Cuando fue imprescindible luchar, la reina demostró un gran coraje. Sin embargo, siempre quiso la paz. Al alcanzar su hijo la madurez necesaria para ocupar el trono, Semíramis renunció al mismo, pero siguió participando en el gobierno durante muchos años, respetada por los ministros, temida por sus enemigos y amada por el pueblo.

«Gracias a mis proezas, me comparan con los hombres más valientes. Mi imperio se extiende hacia oriente hasta el río Éufrates; por el sur, hasta el país del incienso y de la mirra; por el norte, hasta Sidón. He desviado el curso de los ríos a mi voluntad, he levantado fortalezas inexpugnables en las que no se aventuran las fieras feroces.»

▶ SEMÍRAMIS
legendaria reina de Babilonia (IX a.C.)
Identificada como Shammuramat, el historiador griego Herodoto ya la menciona en sus escritos. Después de la muerte de su marido, gobernó durante 42 años en nombre de su hijo Ninia. Según la leyenda, construyó los jardines colgantes de Babilonia.

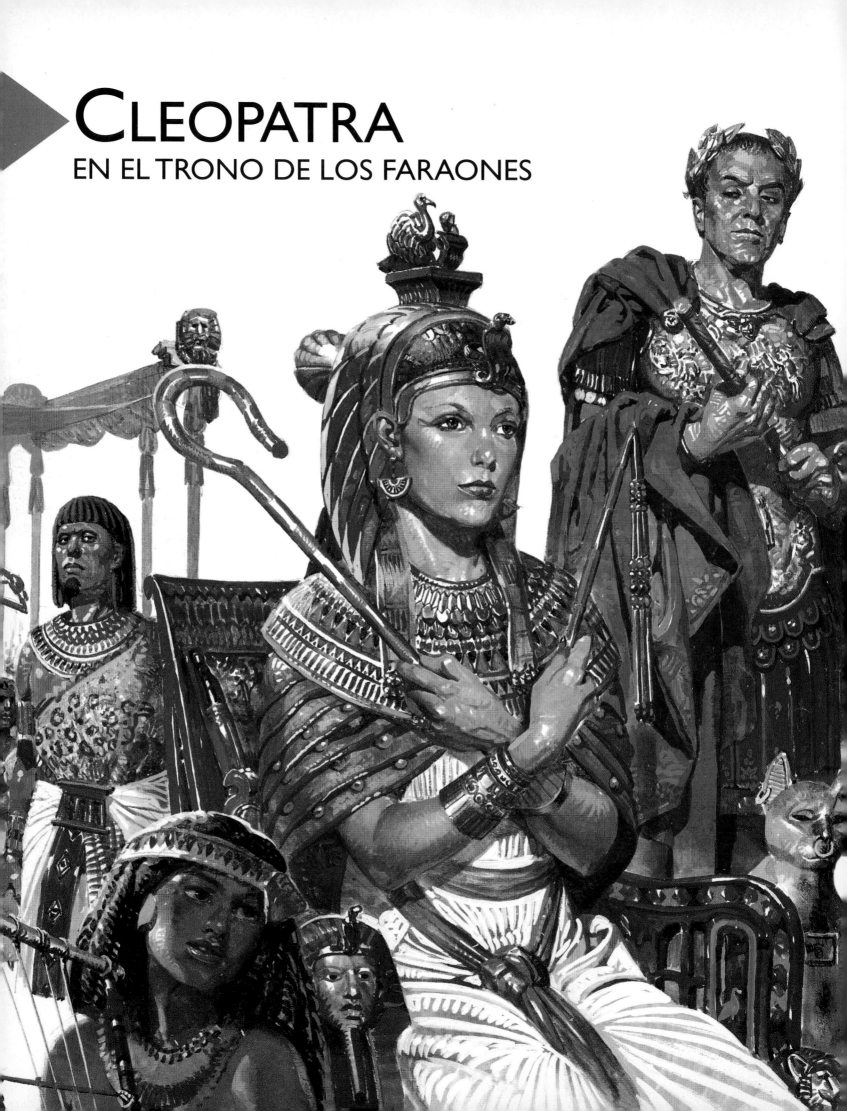

CLEOPATRA
EN EL TRONO DE LOS FARAONES

Cleopatra VII, última reina de Egipto, era descendiente de la dinastía de los Ptolomeo. Si bien no poseía una belleza espectacular, despertaba en los hombres una extraordinaria fascinación. Tenía una amplia cultura y hablaba con fluidez seis lenguas. Subió al trono en el año 51 a.C. con tan sólo dieciocho años de edad, junto a su hermano Ptolomeo XIII. Los ministros de la corte esperaban aprovecharse de la corta edad de los soberanos para arrebatarles el poder, pero Cleopatra no se sometió. Finalmente, obligada a refugiarse en Siria para huir de los continuos atentados contra su vida, se alió con Julio César y, gracias a su influencia, consiguió recuperar el trono.

César se enamoró de ella. Cleopatra le dio un hijo (Cesarión) y le siguió hasta Roma.

Después de la muerte de César, en el año 44 a.C., la reina regresó a Egipto, donde empezó a conspirar para realizar su gran sueño: conquistar Roma. Cuando el triunviro Marco Antonio se fijó en ella, en el año 41 a.C., Cleopatra pronto lo conquistó, impresionándole con la suntuosidad de su corte. A pesar de estar casado con Octavia, hermana de Octavio, Marco Antonio se enamoró de la reina, que en el año 40 a.C. le dio gemelos y, tres años más tarde, la desposó. Juntos desafiaron con valentía a los romanos, que atacaron capitaneados por el propio Octavio, heredero de César. La flota romana y la egipcia se enfrentaron en una épica batalla naval cerca de Azio.

Pronto los romanos demostraron su superioridad táctica y Marco Antonio y Cleopatra tuvieron que huir. Casi un año más tarde, habiendo perdido la guerra y el honor, Marco Antonio se quitó la vida. Pocos días después, Cleopatra hizo lo mismo, dejándose morder por una cobra.

Cleopatra eligió morir por la mordedura de una serpiente para perpetuar su leyenda. Sabía que esa muerte sería considerada sagrada por los egipcios porque, en la mitología egipcia, la serpiente era asociada con Amón-Ra, el dios sol.

▶ CLEOPATRA
Reina de Egipto

69 a.C. Nace en Alejandría, Egipto.

51 a.C. Reina junto a su hermano Ptolomeo XIII.

46 a.C. Se traslada a Roma con Julio César.

44 a.C. Regresa a Egipto después de la muerte de César.

37 a.C. Se casa con Marco Antonio.

32 a.C. Roma le declara la guerra.

31 a.C. Es derrotada junto con Marco Antonio por Octavio en la batalla naval de Azio.

30 a.C. Muere en Alejandría, Egipto.

TEODORA
UNA VALEROSA EMPERATRIZ

Teodora nació en el seno de una familia de origen humilde. Fue actriz de teatro y trabajó en una taberna hasta que se convirtió al cristianismo y decidió cambiar de vida. Justiniano, futuro emperador de Bizancio, se enamoró de ella y, tres años más tarde, la desposó. Sus enemigos la acusaban de no tener escrúpulos. Sea cual fuera la verdad, Teodora fue una verdadera reina. Lo demostró en el año 532, en el que se produjo la revuelta de la Nika, y durante el incendio posterior de la capital. Se avecinaba una guerra civil: Justiniano corría el riesgo de perder el trono, por lo que pensaba abandonarlo todo y ponerse a salvo. Pero Teodora anunció a la corte, cuando todos se disponían a abandonar Constantinopla, que prefería morir antes que huir. Justiniano y sus generales, avergonzados por su cobardía, decidieron ser tan valientes como la reina. La insurrección fue aplacada. Teodora, que poseía un fuerte carácter y grandes ambiciones, desde ese momento dominó la política de su país. En adelante, Justiniano siempre se ocupó poco del gobierno y dejó que fuese su esposa quien llevara a cabo reformas y se ocupara de las relaciones con los países extranjeros. Su imagen sigue resplandeciendo en los mosaicos de la iglesia de San Vital de Ravena.

«Aunque huyendo podríamos salvarnos, creo que no es oportuno hacerlo. Del mismo modo que cada hombre defiende instintivamente su vida, tanto más un soberano debe defender a toda costa su reino. ¡Yo no sería nada sin mi corona y no podría seguir viviendo si mi pueblo no me llamase soberana! Así pues, emperador Justiniano, aquí están las naves, esperando para ponerte a salvo. Pero debes preguntarte, cuando estés a salvo, si no te avergonzarás de tu proceder. En cuanto a mí, ¡prefiero morir que abandonar mi trono!»

► TEODORA
emperatriz del Imperio de Bizancio

500 Nace en Constantinopla, la actual Estambul.

525 Se convierte en la esposa de Justiniano.

527 Justiniano y Teodora son coronados emperadores de Oriente.

532 Contribuye a reprimir la revuelta de la Nika.

548 Muere en Constantinopla.

LEONOR DE AQUITANIA
DE LA ÉPOCA DE LAS CRUZADAS

A la edad de quince años, Leonor heredó en el sudoeste de Francia, de su padre Guillermo X, un territorio más grande que el del rey de Francia, Luis VII, que en 1137 la pidió en matrimonio. Ella se vio obligada a aceptarlo, porque aquel enlace le serviría para defenderse de sus enemigos. Más tarde, el rey la repudió. Leonor regresó a Aquitania y, poco tiempo después, en 1152, se casó con Enrique Plantagenet, futuro rey de Inglaterra. Fue coronada reina y se ocupó de los asuntos políticos, estableciendo reformas económicas y administrativas, y convirtiéndose en protectora de los artistas de la época. Tuvo muchos hijos, entre los que se cuentan Juan sin Tierra y el futuro rey de Inglaterra, Ricardo I Corazón de León. Sin embargo, no tuvo suerte con su segundo matrimonio. Como castigo por haber apoyado la insurrección de Ricardo, Enrique II la encerró en un convento. Leonor no eludió las responsabilidades y más de una vez supo sostener el grave peso del poder sobre sus hombros. De hecho, cuando Ricardo partió hacia las Cruzadas, le confió el trono a ella, convencido de que no lo podía dejar en mejores manos.

Los trovadores eran poetas que escribieron en la lengua de Languedoc entre los siglos XI y XIII, como Bernat de Ventadour, que se refugió en la corte de Leonor.

▶ LEONOR DE AQUITANIA
reina de Francia y después de Inglaterra

1122 Nace en Francia.

1137 Hereda el ducado de Aquitania y el de Poitou. Se casa con Luis VII, rey de Francia.

1152 Se casa con el conde de Anjou, Enrique de Plantagenet, que luego sería Enrique II de Inglaterra.

1204 Muere en la abadía de Fontevrault.

JUANA DE ARCO
LA DONCELLA DE ORLEANS

Por sus hazañas le dieron el sobrenombre de la «doncella de Orleans». Oriunda de una pequeña aldea, dijo que Dios le había hablado y le había ordenado, a ella, una joven campesina, que luchara por Francia, que en aquella época estaba invadida por los ingleses. Obedeciendo la orden de la voz divina que la exhortaba a la batalla, Juana dejó el campo, se puso una armadura de soldado y se presentó ante el rey Carlos VII para ofrecerle su ayuda. Le fue concedido un ejército, con el que partió hacia la ciudad de Orleans, asediada por el enemigo. Allí demostró su gran valentía y, en 1429, liberó la ciudad. El pueblo, exultante, la aclamó.

Todos estaban convencidos de que realmente Dios la había enviado para salvar a Francia. Después, Carlos VII fue coronado rey de Francia, pero, a pesar de la insistencia de Juana, se negó a avanzar hacia París.

Entonces ella decidió continuar sola, contando con el apoyo del ejército y del pueblo. Sin embargo, Juana era tan valiente y feroz en el campo de batalla como ingenua en la vida cotidiana. Al igual que los demás héroes, era incapaz de concebir la traición y, por consiguiente, no supo defenderse de las intrigas de los cortesanos y de los nobles franceses, envidiosos de su poder.

De esta forma, cuando cayó en manos enemigas, los franceses la abandonaron a su destino, sin que nadie intentara defenderla.

Juana se quedó sola y se enfrentó con valentía a un juicio por brujería. Incluso cuando fue condenada a morir en la hoguera en la plaza de Rouen, el 30 de mayo de 1431, demostró su valor hasta el final.

«Rey de Inglaterra, estoy decidida a liberar Francia de vuestros soldados. Si no se van, lucharé contra ellos, pero si obedecen, les perdonaré la vida. Por voluntad de Dios me ha sido encomendada la misión de liberar Francia y devolverla a los franceses.»
(Del discurso de Juana ante la corte inglesa).

▶ JUANA DE ARCO
heroína y santa francesa

1412 Nace en la aldea francesa de Domrémy.

1429 Libera la ciudad de Orléans.

1430 Cae prisionera en Compiègne.

1431 Es procesada.

1920 Es proclamada santa y patrona de Francia.

Isabel I
SOBERANA DE INGLATERRA

Hija de Enrique VIII y de Ana Bolena, tenía tan sólo tres años cuando su madre fue decapitada. Su hermanastra, María, mandó encerrarla en la Torre de Londres porque veía en ella a una peligrosa rival. Pero, al morir María en 1558, Isabel se convirtió en reina. Gobernó durante cuarenta y cinco años, garantizando al país estabilidad política y prosperidad económica. Isabel apoyó a los protestantes en su lucha contra la reina católica de Escocia, María Estuardo, condenada a muerte en 1587. A Isabel no le gustaba la guerra, pero se mostró valiente y decidida cuando fue preciso combatir.

El día anterior a la batalla naval contra la Armada Invencible española, la reina se presentó ante el ejército para infundir ánimos a los soldados y para mostrarse al lado de las tropas en el momento del peligro.

Gracias a Francis Drake, el corsario al que le confió el mando de la flota, Inglaterra obtuvo una clamorosa victoria, al derrotar a la flota de Felipe II de España. Isabel se ganó el amor de su pueblo y se convirtió en el símbolo de Inglaterra. Protegió a muchos artistas, entre los que destacó William Shakespeare, que escribió sus obras teatrales en el período isabelino.

«Soy una mujer frágil, pero tengo el corazón y el valor de un monarca inglés, y no puedo tolerar que España o quien sea ose desafiar a mi reino.»
(Del discurso que Isabel hizo a sus soldados).

▶ ISABEL I
reina inglesa

1533 Nace en Greenwich.

1536 Su madre es acusada de traición.

1554 Es encerrada en la Torre de Londres.

1558 Sube al trono.

1559 Con la Ley de Supremacía reafirma el poder de la iglesia anglicana.

1588 Su flota vence a la Armada Invencible.

1603 Muere en Richmond.

Catalina la Grande
EMPERATRIZ DE RUSIA

Catalina era hija de un príncipe alemán y en realidad se llamaba Sofía Augusta Federica. Cuando llegó a la corte rusa todavía era una muchachita ingenua y azorada. Desconocía las intrigas de los nobles y de los cortesanos. Fue elegida para convertirse en la mujer del Gran Duque Pedro, futuro emperador, pero no se sentía atraída por él, ni se sentía cómoda en aquel ambiente nuevo y hostil. Catalina no era feliz. No podía imaginarse que un día entraría solemnemente en la catedral de San Petersburgo como señora de toda Rusia. Cuando su marido fue proclamado emperador bajo el nombre de Pedro III, esperó a que estuviera lejos para obligarle a renunciar al poder. Pronto demostró su talento y logró ampliar los confines de su imperio, siguiendo la política expansionista de Pedro el Grande.

Catalina demostró ser una soberana fuerte y autoritaria y llevó a cabo reformas políticas para concentrar todo el poder en sus manos. Desgraciadamente, las clases menos favorecidas tenían que pagar impuestos cada vez más altos y el descontento provocó revueltas que fueron reprimidas con sangre, como por ejemplo la de los campesinos, dirigida por Pugacev (1773-1774).

Culta e inteligente, Catalina se relacionó con literatos y filósofos como Voltaire, y protegió el arte y la cultura, aplicando una serie de reformas para modernizar el país. Por ejemplo, abrió escuelas para que las mujeres (aunque sólo las nobles) pudieran recibir educación.

«Jamás me aburro y ¿sabéis el porqué? Ahora mismo os lo digo. Porque amo apasionadamente trabajar, sentirme ocupada y útil para mí misma y los demás.»
(De una carta de Catalina)

▶ CATALINA II LA GRANDE
emperatriz de Rusia

1729 Nace en Stettino.

1745 Se casa con el futuro zar Pedro III.

1762 Depone a su marido y se proclama emperatriz.

1773-1774 Revuelta de Pugacev.

1787-1792 Su dominio se extiende hasta el Dniéster.

1796 Muere en San Petersburgo.

FLORENCE NIGHTINGALE
LA PRIMERA ENFERMERA

Hija de padres acomodados, que le dieron una excelente educación, Florence Nightingale parecía destinada a una vida de lujo y comodidades.

Pero, a la edad de diecisiete años, se sintió llamada al servicio del prójimo y nadie consiguió disuadirla de emprender la profesión que había escogido, que no era otra que la de enfermera.

En aquella época, las enfermeras no estaban bien consideradas socialmente y la decisión de Florence fue un escándalo. La joven rechazó incluso la propuesta de matrimonio de lord Houghton, aunque correspondiese a su amor. Pese a la oposición de sus padres, Florence perseveró en su empeño, trabajando sin tregua para atender a los enfermos. En aquel entonces estalló la guerra de Crimea, y Florence, al ser llamada para asistir a los heridos, instituyó un cuerpo de enfermería y partió hacia el frente. Allí se encontró con incomodidades y unas condiciones de higiene terribles. Trabajaba hasta veinte horas diarias, corriendo sin cesar por los pasillos de los hospitales, atendiendo a los enfermos con sus curas o con tan sólo palabras de consuelo. Cuando regresó a su país al finalizar la guerra, abrió la primera escuela de enfermería profesional.

Después, en 1857, a petición de la reina Victoria, se ocupó de la organización sanitaria del ejército inglés. También fue

requerida su colaboración en la guerra franco-prusiana y en la guerra de Secesión norteamericana.

A pesar de ser considerada una heroína nacional, siguió viviendo modestamente y no dejó jamás de trabajar. No quiso un funeral oficial. De acuerdo con su última voluntad, su ataúd fue transportado por seis sargentos del ejército británico y enterrado en el mausoleo familiar en vez de la catedral de Westminster.

«No me interesan ni la fama ni la gloria, pero sí me gustaría pensar que la fuerza de mi empeño, del trabajo que tanto amo, perdurará en el recuerdo de las futuras generaciones.»
(De una carta escrita por Florence a una escuela de enfermería)

▶ FLORENCE NIGHTINGALE
enfermera inglesa

1820 Nace en Florencia.

1837 Decide hacerse enfermera.

1854-56 Dirige un cuerpo de enfermería del ejército británico durante la guerra de Crimea.

1859 Funda una escuela de enfermería.

1910 Muere en Londres.

LOUISA MAY ALCOTT
EL MUNDO DE MUJERCITAS

Louisa era hija del filósofo Amos Bronson Alcott. En su casa se reunían muchos escritores como Nathaniel Hawthorne y pensadores como Ralph Waldo Emerson y David Thoreau. Su padre, absorto en sueños filosóficos, era incapaz de mantener a la familia, por lo que Louisa, ya de muy pequeña, aprendió a arreglárselas sola. Para colaborar en el presupuesto familiar, aprendió a coser, enseñó en una escuela, incluso trabajó como institutriz hasta que, finalmente, empezó a escribir. A los dieciséis años, escribió su primer libro, *Cuentos de las flores*, publicado en 1854. En 1860 empezó a colaborar con la revista *Atlantic Monthly*.

Enfermera durante la guerra de Secesión norteamericana, después de haber contraído el tifus, escribió en 1863 los relatos *Esbozos en el hospital* y una novela, *Estado de ánimo*. Más tarde dirigió un periódico para jóvenes. Louisa había comprendido que su vocación era escribir. *Mujercitas* (1868) se considera hoy en día su principal obra, una novela ambientada en la época de la guerra de Secesión que narra las aventuras de las cuatro hijas de la familia March: Meg, Amy, Beth y Jo, una muchacha independiente, que sentía una gran pasión por la escritura y con la que Louisa se identificaba.

«*Los niños, al transmitirnos su entusiasmo y sus ganas de vivir y de aprender cosas nuevas todos los días, nos ayudan a permanecer jóvenes.*»

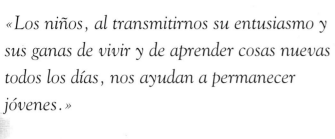

▶ LOUISA MAY ALCOTT

escritora norteamericana

1832 Nace en Germantown.

1838 Escribe *Cuentos de las flores*.

1868 Publica *Mujercitas*.

1888 Muere en Boston.

MARIE CURIE
PREMIO NOBEL

Manya Sklodowska nació en el seno de una familia de tradición cultural. Desde jovencita se interesó por la ciencia. Sin embargo, no pudo asistir a la universidad, porque en aquella época a las mujeres les estaba prohibido. Se trasladó a París, donde conoció a un joven profesor de química y física, Pierre Curie, con quien se casó. Con él tuvo dos hijas, Irene y Eva, y junto a su esposo se dedicó al estudio de la radiactividad y descubrió dos nuevos elementos, el radio y el polonio. A los 37 años, le fue concedido el Premio Nobel de física, que compartió con su esposo y Henri Becquerel.

Después de la muerte de Pierre, que falleció en un trágico accidente de circulación en 1906, Marie fue nombrada titular de la cátedra de Física de la Sorbona, que antes poseía su marido.

En 1910 publicó su *Tratado sobre la radiactividad*. Siguió las investigaciones y, en 1911, se le concedió (a ella sola) el Premio Nobel de Química.

Murió en 1934, como consecuencia de las radiaciones a las que estuvo expuesta durante sus experimentos con sustancias radiactivas, después de haber escrito otro *Tratado sobre la radiactividad*.

Marie fue la primera mujer que impartió clases en una universidad y el primer científico que recibió dos veces el Premio Nobel. Su hija Irene fue galardonada con el Premio Nobel en 1935 por sus descubrimientos sobre la radiactividad.

Albert Einstein dijo de ella: «De todos los personajes famosos que conozco, Marie es la única que no se ha dejado corromper por la fama.»

▶ MARIE CURIE
científica francesa de origen polaco

1867 Nace en Varsovia.

1895 Se casa con Pierre Curie.

1903 Recibe el Premio Nobel de Física.

1911 Recibe el Premio Nobel de Química.

1934 Muere en Sallanches.

HELENA RUBINSTEIN
EL SECRETO DE LA BELLEZA

De origen polaco, Helena inició su carrera a los treinta años en Australia, adonde había ido a buscar a un tío. Por casualidad encontró la receta de una crema de belleza de su abuela y se le ocurrió la idea de fabricarla. Su idea tuvo mucho éxito. Helena pudo abrir su primer instituto de belleza en Londres en 1908. En 1912 abrió otro en París. En 1915 se fue a Nueva York y, desde allí, al poco tiempo, abrió institutos de belleza en todas las ciudades principales de Estados Unidos.

Helena comercializaba todos sus productos, para lo cual levantó un imperio económico que ella misma gestionaba. Con una vitalidad sorprendente y orgullosa de su éxito como empresaria, a la edad de 94 años todavía convocaba todos los días el consejo de administración. Apasionada coleccionista, invirtió su fortuna en la adquisición de obras de arte moderno.

Una de las frases preferidas de Helena era: «*No existen mujeres feas, solamente mujeres descuidadas.*»

▶ **HELENA RUBINSTEIN**
esteticista norteamericana de origen polaco

1870 Nace en Cracovia.

1915 Abre varios institutos en Estados Unidos.

1965 Muere en Nueva York.

Mata Hari
UNA ESPÍA FASCINANTE

Su verdadero nombre era Margaretha Geertruida Zelle. Oriunda de Holanda, se casó muy joven con un oficial y se fue a vivir a la isla de Java. En 1902 regresó a Europa y se estableció en París, donde haciéndose pasar por oriental, encontró trabajo de bailarina. No tardó en obtener mucho éxito. Los grandes teatros la contrataban y empezó a viajar por Europa y a representar danzas orientales con el nombre de Mata Hari (*Hari* significa en la lengua de Java *Ojo de la mañana*).

A partir de entonces, cobró mucho por sus espectáculos. Tenía tanto éxito que le pidieron que escribiera su autobiografía. Mata Hari vivía con gran lujo y frecuentaba aristócratas y militares muy importantes. Decían que entendía de política más que el primer ministro y que era una experta en estrategia militar, tan buena como el general en jefe del ejército. Por este motivo, al empezar la Primera Guerra Mundial, la policía sospechó que era una espía.

Fue acusada de utilizar su belleza para sonsacar secretos militares, que luego vendía a las potencias extranjeras.

Fue detenida en Francia, acusada de espiar para Alemania, y fue condenada a muerte por alta traición.

Ante el pelotón de fusilamiento, se negó a que le vendaran los ojos y afrontó la muerte con la cabeza muy alta.

Mata Hari avanzó con paso seguro, mirando fijamente a los ojos de los soldados. Un oficial dio un paso hacia delante con una venda negra en las manos. La mujer enarcó las cejas con asombro. «¿Es realmente necesario?», preguntó. Fueron sus últimas palabras. El oficial, admirando su valor, murmuró: «Si la señora no quiere la venda, no se la pondré.»

► Mata Hari
bailarina de origen holandés

1876 Nace en Leeuwarden.

1894 Se casa con Rudolf MacLeod, militar profesional y se va con él a Oriente.

1908 Triunfa en París como bailarina.

1917 Es fusilada, acusada de espionaje.

Coco Chanel
UNA REVOLUCIÓN EN LA MODA

Gabrielle Chanel nació en el seno de una familia muy pobre. Con tan sólo siete años, se quedó huérfana y fue enviada a estudiar a un convento de monjas. A los dieciséis años, se enamoró de Etienne Balsan, un rico caballero que la introdujo en los ambientes de la alta burguesía parisina.

Gabrielle, de sobrenombre Coco, le acompañaba a las carreras, donde las otras damas la envidiaban por su elegancia. Sin embargo, ella misma se hacía los vestidos que llevaba. Se le ocurrió dedicarse a la moda y abrir una tienda de sombreros en Deauville. En 1916, se trasladó a París, donde abrió su primera tienda de modas en el número 13 de la rue Cambon. Pese a que no era una gran belleza, Coco tenía una fuerte personalidad y una ironía extraordinaria. Los hombres la adoraban por su encanto.

Como era ambiciosa, decidió poner en práctica sus ideas revolucionarias: quería producir sombreros elegantes pero cómodos de llevar, adaptados a un nuevo tipo de mujer, libre, desenvuelta y dinámica, con la que se identificaba.

Lanzó la moda del género de punto, los pantalones y la bisutería, los collares de perlas largos y el cabello corto.

Sus trajes (falda corta y chaqueta) eran elegantísimos, de línea decidida pero femenina, y las mujeres más distinguidas del mundo, como Jacqueline Kennedy, la duquesa de Windsor, Greta Garbo y Marlene Dietrich, no tardaron en adoptarlos. Pero Coco Chanel no se limitó a la ropa. El éxito de un perfume creado por ella, Chanel n.º 5, la hizo todavía más célebre. A Coco le gustaba decir que ella tan sólo se limitaba a realzar la belleza de las mujeres, una belleza que a veces ni siquiera ellas sabían apreciar.

«Hay que fijarse en la mujer, no en el vestido.»

«Las mujeres lo podemos dar todo con una sonrisa y recuperarlo con una lágrima.»

«El objetivo de la moda es rejuvenecer a las mujeres y hacerlas más graciosas y alegres.»

► COCO CHANEL

creadora de moda francesa

1883 Nace en Saumur.

1916 Abre su primera tienda.

1925 Rechaza una propuesta de matrimonio del duque de Westminster.

1945 Vuelve a abrir su tienda al terminar la guerra.

1971 Muere en París.

AGATHA CHRISTIE
ESCRITORA POR CASUALIDAD

Agatha Mary Clarissa Miller era una joven alegre e inteligente. Siempre había deseado dedicarse al canto, pero no tardó en darse cuenta de que no poseía talento para ello.

Después de casarse con el piloto militar Archibald Christie, trabajó como enfermera voluntaria durante la Primera Guerra Mundial. En los pasillos de los hospitales aprendió a conocer las medicinas y los venenos. Al terminar la guerra, hizo una apuesta con su hermana: escribiría una novela policiaca en la que no se descubriría el culpable hasta la última página.

Nació así su primer libro policiaco, cuyo protagonista principal sería Hercule Poirot. Sin embargo, seis editoriales rechazaron el manuscrito. En 1926, finalmente, alcanzó el éxito con otra novela: *El asesinato de Roger Ackroyd*.

Poco tiempo después, su marido le anunció que quería la separación.

Agatha desapareció misteriosamente durante varios días. Se encontró su coche abandonado en el campo. Del mismo modo como había desaparecido, Agatha reapareció misteriosamente, afirmando que había perdido la memoria y jamás quiso revelar su secreto.

Poco tiempo después, la escritora se casó con el arqueólogo Max Mallowan, quince años más joven que ella, con quien viajó a los países más exóticos, en los que se inspiró para sus libros. Fue muy feliz con su segundo marido. Con la ironía que la caracterizaba, frecuentemente decía: «*Soy la única mujer que, al envejecer, adquiere más valor a los ojos de su marido.*»

Desde entonces, cada libro que Agatha Christie escribía era un nuevo éxito. Algunas de sus obras, como *Diez Negritos*, *Asesinato en el Orient Express* y *Muerte en el Nilo* (*Poirot en Egipto*), se han convertido en clásicos literarios.

«*En la vida no hay error más grande que ver y oír las cosas en el momento equivocado.*»

«*La vida es como una nave de diez compartimientos. Al salir de uno, cierras a cal y canto una puerta y entras en otro.*»

▶ AGATHA CHRISTIE

escritora inglesa

1890 Nace en Torquay.

1914 Se casa con el piloto militar Archibal Christie.

1920 Publican su primera novela: *El misterioso caso de Styles*.

1926 Escribe su primer libro de gran éxito: *El asesinato de Roger Ackroyd*.

1930 Se vuelve a casar con el arqueólogo Max Mallowan.

1976 Muere en Wallingford.

Amelia Earhart
SOBREVOLANDO EL ATLÁNTICO

Desde pequeña, Amelia soñaba con volar. Al poco de cumplir los veinte años, obtuvo el título de piloto. Proyectaba una gran hazaña: cruzar volando el océano Atlántico.

Después de largos preparativos, salió de Estados Unidos con su Fokker, acompañada del copilotó Stultz y del mecánico Gordon. Aterrizaron en Gales al día siguiente. Más tarde, Amelia volvió a partir, esta vez sola, y consiguió regresar a Estados Unidos. ¡Todo un récord!

Luego se impuso otro reto: cruzar el Pacífico. Fue el primer piloto en cruzar el trecho de mar que separa Honolulú de San Francisco en solitario.

Finalmente inició una vuelta al mundo que no llegó a terminar. Poco después de despegar de Nueva Guinea con visibilidad nula, desapareció con su avión en el Pacífico.

▶ **Amelia Earhart**
aviadora norteamericana
1898 Nace en Atchinson.
1932 Cruza el Atlántico sola.
1935 Cruza el océano Pacífico.
1937 Desaparece con su avión en el Pacífico.

32

«Las mujeres debemos intentar hacer lo que los hombres logran realizar y, si fallamos, otras tendrán que aceptar el reto.»

Su verdadero nombre era Greta Gustafsson. Tenía tan sólo catorce años cuando su padre murió y se vio obligada a abandonar los estudios y a trabajar en una peluquería, y luego en los almacenes PUB de Estocolmo. Su belleza no pasó desapercibida: alguien se fijó en ella y le dio un papel en un anuncio publicitario. Debutó en el cine con un pequeño papel en la película *Luffar-Petter*. El director M. Stiller le pidió que interpretara *La leyenda de Gösta Berling,* en 1924, que supuso su lanzamiento. El mismo Stiller le buscó un nuevo nombre: Greta Garbo. Regresó a Berlín hasta que un director de la MGM la invitó a Hollywood, donde pronto se convirtió en una diva.

Desde entonces, todas las mujeres imitaban su peinado, su estilo decidido de mujer independiente. Greta Garbo trabajó en *El demonio y la carne* (1927), *Mata Hari* (1931), *Ana Karenina* (1935), *Margarita Gautier* (1936), *Ninotchka* (1939). Interpretó algunas películas, como *La reina Cristina de Suecia* (1933), junto a John Gilbert, de quien se enamoró. Otro hombre importante en su vida fue el director de orquesta Leopold Stokowski.

Greta Garbo recibió el apodo de «la Divina». Durante su carrera, el cine mudo pasó a ser hablado, con lo que muchos actores tuvieron problemas. Pero, en cambio, la popularidad de Greta aumentó. Sin embargo, el público pronto se cansa de sus propios mitos. Cuando se dio cuenta de que los tiempos cambiaban, Greta Garbo, a los 36 años de edad, se retiró de la escena, orgullosa como la reina que representó en la pantalla.

«Puedo decir que todo lo que he conseguido es fruto de mi talento y de mi esfuerzo.»

▶ GRETA GARBO

estrella de cine sueca

1905 Nace en Estocolmo.

1926 Se traslada a Hollywood.

1941 Se retira de la pantalla.

1990 Muere en Nueva York.

MADRE TERESA
MISIONERA ENTRE LOS POBRES

A la pequeña Agnes le gustaba leer el Evangelio junto a su madre, pero nadie podía imaginarse que a los dieciocho años entraría en un convento. Marchó a la ciudad de Calcuta, en la India. Allí hizo los votos y escogió un nuevo nombre, el de Teresa. De 1929 hasta 1946, enseñó en el colegio de Santa María, del que fue más tarde directora.

Pero la Madre Teresa no estaba satisfecha: quería dedicarse a los pobres, a los niños abandonados y a los leprosos. En 1947 fundó la primera escuela para pobres.

Después, en 1950, obtuvo del Papa Pío XII el permiso para fundar la orden de las Misioneras de la Caridad. El hábito de la orden era un sari blanco ribeteado en azul.

La Madre Teresa abrió orfanatos, escuelas y hospitales. En 1979 recibió el Premio Nobel de la Paz. Su orden cuenta hoy en día con 4000 hermanas y 468 centros en todo el mundo. La Madre Teresa lo daba todo a los demás: lo único que poseía eran dos saris blancos bordados en azul y una jofaina para lavarse.

36

«El fruto del silencio es la plegaria,
el fruto de la plegaria es la fe,
el fruto de la fe es el amor,
el fruto del amor es el servicio,
el fruto del servicio es la paz.»

▶ **MADRE TERESA**
misionera india de origen macedonio

1910 Nace en Skopie.

1979 Recibe el Premio Nobel de la Paz.

1997 Muere en Calcuta.

ELLA FITZGERALD
LA REINA DEL BLUES

Procedía de una familia muy pobre. Desde pequeña soñaba con ser bailarina. A los seis años debutó como cantante, pero hasta los dieciséis no logró vencer la timidez y emprender el camino de la música. Cuando Chick Webb, director de orquesta, la contrató para una fiesta de estudiantes, tuvo tanto éxito que le pidieron que se quedara en el grupo como cantante. Así inició una larga carrera musical. Después de la muerte de Webb, acaecida en 1939, continuó la obra de su maestro con la orquesta *Jazz at the Philarmonic*. Más tarde empezó a cantar como solista y viajó por todo el mundo. En dos años vendió treinta millones de discos.

Sabía modular la voz como si fuese un instrumento musical y sus interpretaciones estaban impregnadas de pasión. Actuó con los músicos más grandes de la época y, en sus conciertos, interpretaba jazz, blues y muchos otros géneros musicales, por lo que todo el público se sentía identificado con sus canciones.

«Sentirme viva significa inventar siempre nuevas canciones y tener cada día algo que contar al mundo.»

▶ ELLA FITZGERALD
cantante de blues norteamericana

1918 Nace en Newport News.

1934 A los 16 años debuta en la Opera House.

1939 Dirige la orquesta *Jazz at the Philarmonic*.

1996 Muere en Beverly Hills.

MARIA CALLAS
LA VOZ DE LA LÍRICA

Se llamaba Maria Kalogheropoulus y era de origen griego. Los inicios de su carrera no fueron fáciles. Desde pequeña, Maria había estudiado canto y deseaba poder dedicarse a él.

Pero al principio tuvo que sufrir muchas humillaciones: todos los teatros la rechazaron, incluso el Metropolitan de Nueva York, en el que años más tarde la soprano obtendría uno de sus mayores triunfos.

En 1947 se trasladó a Italia, patria del *bel canto*. Maria, torpe, desgarbada y con problemas de peso, adelgazó a costa de grandes sacrificios y consiguió sentirse bella y transmitir un encanto especial que nacía de su fuerte personalidad. Maria conoció a un industrial, Giovan Battista Meneghini, quien siguió de cerca su carrera y la desposó en 1949. En pocos años todo cambió: se convirtió en una diva, la reina de los teatros más grandes del mundo. Fueron memorables sus interpretaciones de *Turandot* de Puccini, de la *Aida* de Verdi y de la *Norma* de Bellini.

Unas extraordinarias dotes vocales eran su secreto. Sin embargo, con los años, su voz cambió, tal vez porque Maria la había explotado hasta el límite, consumiéndola con generosidad para su amado público.

Se enamoró de Aristóteles Onassis, un armador griego multimillonario, pero fue un amor desgraciado que la hizo sufrir. Finalmente, decidió retirarse de la escena y murió sola en su apartamento de París. Sus cenizas fueron esparcidas por el mar griego, de acuerdo con su voluntad.

«Me gustaría vivir en un mundo sin envidias ni murmuraciones, donde todo fuese puro y sereno, un mundo en el que sólo contase el amor.»

▶ MARIA CALLAS

soprano norteamericana de origen griego

1923 Nace en Nueva York.
1947 Debuta en Verona e inicia su carrera.
1977 Muere en París.

Marilyn Monroe

EL MITO DE HOLLYWOOD

Norma Jean Baker Mortenson (su verdadero nombre) tuvo una infancia solitaria y desgraciada. Su madre tenía problemas mentales y la pequeña Norma Jean fue adoptada por varias familias. A los nueve años entró en un orfanato. Cuando tenía once años, una amiga de su madre se la llevó consigo y le prodigó algo de afecto. Se casó por primera vez muy joven, a los dieciséis años, pero el matrimonio tan sólo duro dos años. Marilyn soñaba con ser famosa e inició la carrera de modelo posando para fotos publicitarias. Finalmente debutó en el cine en 1948, actuando en películas de poca relevancia.

En 1949 interpretó un corto en *Amor en conserva* con los hermanos Marx, hasta que finalmente la película *La jungla de asfalto* la lanzó al estrellato en 1950. El público la amaba no sólo por su belleza, sino también por su aspecto indefenso y la necesidad de afecto que transmitía.

Marilyn tenía un encanto natural, pero era una actriz caprichosa, que a veces ni siquiera se presentaba al plató, frecuentemente olvidaba su parte del diálogo y se peleaba con los directores. A pesar de estar rodeada de admiradores, Marilyn se sentía siempre sola y desgraciada. Tuvo otros dos maridos: en 1954 se casó con el campeón de béisbol Joe di Maggio, de quien se divorció nueve meses más tarde y, en 1956, se casó con el dramaturgo

Arthur Miller, de quien se divorció en 1960. Murió en circunstancias misteriosas.

«Ámame por mis cabellos rubios.»
«Si consiguiera hacerte feliz, habría logrado la cosa más grande y más difícil que existe.»

▶ MARILYN MONROE
actriz de cine norteamericana

1926 Nace en Los Angeles.

1942 Primer matrimonio con James Dougherty.

1945 Posa como modelo.

1950 Actúa en *La jungla de asfalto*.

1953 Actúa en *Los caballeros las prefieren rubias*.

1954 Se casa con el jugador de béisbol, Joe Di Maggio. La unión dura tan sólo nueve meses.

1956 Se casa con el dramaturgo Arthur Miller, de quien se divorcia en 1960.

1959 Actúa en *Con faldas y a lo loco*.

1962 Muere en Brentwood.

ANNA FRANK
UNA NIÑA Y SU DIARIO

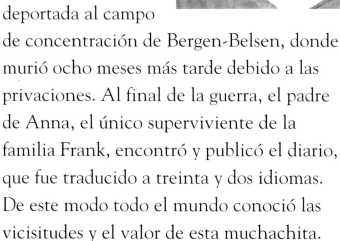

La historia de Anna no es como la de las otras mujeres famosas por un simple motivo: no pudo llegar a ser mujer. Anna era una despierta muchacha alemana. Como todos los demás judíos, durante la dictadura nazi, tuvo que someterse a privaciones y restricciones: no podía ir a la escuela regularmente ni entrar en los locales públicos ni montar en los autobuses. Debía llevar cosida en sus vestidos la estrella amarilla que distinguía a los miembros de la comunidad judía. Con el tiempo, las absurdas restricciones a la libertad de los judíos se transformaron en persecución.

Anna, que era hija de comerciantes judíos refugiados en Holanda al comenzar la guerra, tuvo que ocultarse. Junto a sus padres y a su hermana Margot, se escondieron en un desván para huir de la Gestapo, la policía nazi. Vivieron ocultos durante dos años junto a otros perseguidos, la familia Van Daan, un total de ocho personas. Anna, que apenas tenía trece años, empezó a escribir un diario en el que contaba su vida cotidiana en forma de cartas a una amiga imaginaria llamada Kitty. Le contaba los momentos alegres y los tristes, su enojo por las desavenencias con sus padres; le hablaba de su amistad con Peter, el muchacho de quince años que vivía con ella en el desván.

Anna no pudo terminar su diario. El 4 de agosto de 1944, la policía irrumpió en el escondite. El diario de Anna, bruscamente interrumpido, permaneció en el desván. Fue deportada al campo de concentración de Bergen-Belsen, donde murió ocho meses más tarde debido a las privaciones. Al final de la guerra, el padre de Anna, el único superviviente de la familia Frank, encontró y publicó el diario, que fue traducido a treinta y dos idiomas. De este modo todo el mundo conoció las vicisitudes y el valor de esta muchachita.

«Si pudiésemos salvar la vida de alguien, todo lo demás sería secundario.»

«Quien es feliz hará felices a los demás, quien tiene valor y confianza no será jamás vencido por la desdicha.»

«Todos los días siento que mi mente madura, que la gente que me rodea es buena. Así pues, ¿por qué debería desesperarme?»

«Debo conservar intactos mis ideales; vendrá un tiempo en que se podrán hacer realidad.»

▶ **ANNA FRANK**
escritora alemana

1929 Nace en Francfort.
1942-1944 Se esconde con su familia en un desván de Amsterdam. Durante ese período escribe un diario que se halló y publicó finalizada la guerra.
1944 El 4 de agosto es arrestada con su familia.
1945 Muere en el campo de concentración de Bergen-Belsen.

DIANE FOSSEY
VIVIR ENTRE GORILAS

Diane trabajó durante años en un hospital, como educadora de niños discapacitados mentales. En 1963, inspirada por los escritos de un estudioso americano, se fue a África para estudiar la vida de los gorilas.

Convencida de poder comprender mejor la evolución del hombre a través del estudio de estos animales. Diane vivió durante dieciocho años en estrecho contacto con los gorilas, observando su comportamiento y llegando a ser aceptada como un miembro más del grupo. Conocía individualmente a todos los gorilas que habitaban en Karisoke,

la región de África en la que trabajaba y donde fundó un centro de investigación, al que llamó precisamente Karisoke Research Center. Después de largos años de estudio y de observación directa, se convenció de que los gorilas no eran animales violentos y salvajes, sino sociales y capaces de mostrar afecto. En su libro *Gorilas en la niebla*, Diane narra su larga y apasionante investigación sobre el terreno.

En 1985 fue hallada asesinada en su tienda, en las laderas del volcán Visoke de Ruanda. Se cree que se trató de un acto de venganza de mercenarios, a quienes no les gustaba su lucha contra la caza furtiva de los animales africanos. Gracias a sus estudios y a su defensa de la naturaleza, hoy en día los gorilas son una especie protegida.

«Espiando entre el follaje, pudimos distinguir a un curioso grupo de gorilas negros como el carbón, de cabeza peluda y rostro parecido a una máscara de cuero. Escudriñaban a su alrededor. Sus ojos centelleantes se movían nerviosamente bajo las espesas cejas, como si quisiesen comprobar si los que tenían delante eran amigos bien dispuestos o enemigos en potencia. Al instante me di cuenta del poderío físico de aquellos cuerpos gigantescos de pelo negro y brillante, en perfecta armonía con el entorno verde de la selva.»

▶ DIANE FOSSEY
zoóloga norteamericana

1932 Nace en San Francisco, California.
1963 Se va a África para estudiar los gorilas.
1977 Funda el Karisoke Research Center.
1985 Muere asesinada en Ruanda.

LADY DIANA
PRINCESA DE GALES

Diana, la hija tercera del vizconde de Althorp, un aristócrata inglés, creció en el seno de una familia dividida e incapaz de dar afecto. De muy joven encontró trabajo como maestra en una guardería infantil, pero pronto su vida daría un giro importante. Se prometió con el príncipe Carlos, heredero del trono de Inglaterra, y en 1981 se casó con él, en una ceremonia que parecía el final de un cuento de hadas. En poco tiempo, la joven Diana, todavía torpe e inexperta, se transformó y se convirtió en una espléndida y elegante princesa.

«He aprendido a ser libre. Quisiera que mis hijos también pudiesen conocer esta libertad.»

Pero pronto empezaron los problemas: debía someterse a la rígida disciplina de la corte inglesa, incapaz a menudo de comprender los problemas de la gente común. Diana pasaba los días participando en actos mundanos y oficiales que le imponía su rango, pero no se sentía satisfecha.

Entonces halló en los demás una razón para vivir: se dedicó cada vez más a las obras humanitarias y de beneficencia.

Cuando su matrimonio naufragó y Diana se alejó de la corte, no renunció a su lucha por los derechos humanos, colaborando con personalidades como la Madre Teresa de Calcuta. El pueblo la apreciaba no solamente por su elegancia, sino también por su dedicación a los necesitados. Lady Di, así era como la llamaban, llevó adelante su batalla con valor. Diana murió de repente en París, en agosto de 1997, en un trágico accidente de circulación.

► **DIANA SPENCER**

princesa de Gales

1961 Nace en Norfolk.
1981 Se casa con el príncipe Carlos, heredero al trono, de quien tiene dos hijos: William y Harry.
1997 Muere en un accidente de circulación.

DICCIONARIO DE MUJERES CÉLEBRES

Victoria I

ALLENDE, ISABEL (1942-): Escritora chilena, entre cuyas novelas más famosas destacan *La casa de los espíritus* (1982), *De amor y de sombra* (1984) y *Paula* (1994).

ANASTASIA (1901-1918): Hija del último zar Nicolás Romanov, murió junto a su familia en 1918, ejecutada por los revolucionarios rusos. En el transcurso de los años, muchas mujeres intentaron hacerse pasar por Anastasia, asegurando que había huido de la matanza, pero ninguna de ellas logró aportar pruebas convincentes. *Anastasia* es el título de una película producida por la Twentieth Century Fox en 1997.

ANA BOLENA (1507-1536): Esposa de Enrique VIII, rey de Inglaterra. Para casarse con ella, el rey repudió a la primera mujer, pero

el Papa no reconoció el nuevo matrimonio. Entonces Enrique VIII declaró la independencia de la Iglesia

Las hermanas Brönte

AGUSTINA DE ARAGÓN (AGUSTINA SARAGOSSA I DOMÈNECH) (1790-1858): Destacada patriota española de origen catalán que participó en la defensa de Zaragoza, sitiada por los franceses en 1808.

ALCOTT, LOUISA MAY: pág.20.

de Inglaterra de la de Roma. Ana Bolena tuvo una hija, la futura Isabel I. Finalmente fue ejecutada bajo la acusación de adulterio.

AQUINO, CORY (1933-): Esposa del senador Benigno Aquino, muerto en un atentado. Cory combatió al gobierno corrupto del presidente Marcos de Filipinas. Llegó a ser presidenta de su país a través de una revuelta que obligó a Marcos y a su mujer a huir del país.

ARDEN, ELISABETH (1878-1966): Seudónimo de Florence Nightingale Graham. Esteticista

Eleanora Duse

MARY READ, PIRATA DEL SIGLO XVIII

Vestidos de la época isabelina.

norteamericana que hizo una fortuna al abrir lujosos institutos de belleza y crear una línea de productos cosméticos.

ARENAL, CONCEPCIÓN (1820-1893): Socióloga y ensayista española, dedicó su vida a la reforma social, en especial a mejorar la situación de la clase obrera, a la reforma del sistema penitenciario y la defensa de los derechos de la mujer.

ARENDT, HANNAH (1906-1975): Filósofa norteamericana de origen alemán, discípula de Heidegger y Jaspers. En sus obras analizó el fenómeno del nazismo.

Grace Darling (1815-1842): Heroína inglesa que salvó con su barca de remos a los supervivientes de un naufragio.

ASHLEY, LAURA (1925-1985): Decoradora inglesa. Su marido, Bernard Ashley, tuvo la idea de comercializar sus diseños florales de sabor victoriano, y creó una cadena de tiendas de tejidos de difusión mundial.

AULENTI, GAE (1927-): Célebre arquitecta, sobre todo por la remodelación de la estación de Orsay de París (1980-1985). También ha rehabilitado el Palazzo Grassi de Venecia (1986), el Palau Nacional

Charlotte Corday

de Montjuïc de Barcelona (1990) y la Galleria della Triennale de Milán (1994).

BAEZ, JOAN (1941-): Cantante norteamericana de origen hispano. En los años sesenta se dedicó a la lucha política, comprometiéndose en la protesta contra la guerra de Vietnam y apoyar el pacifismo.

BAKER, JOSEPHINE (1906-1975): Cantante y bailarina norteamericana. A veces, durante sus espectáculos, lucía un original tocado. Adoptó trece niños y niñas de todas las razas.

BARDOT, BRIGITTE (1934-): Actriz de cine francesa. Sex-symbol de los años sesenta, que intervino en numerosos largometrajes, como *Y Dios creó a la mujer* (1956), *La verdad* (1960), *Vida privada* (1961), *Don Juan 1973* (1972). Hoy en día es una gran defensora de los derechos de los animales.

BAUSCH, PINA (1940-): Bailarina alemana. Ha revolucionado la danza con la fuerza de su coreografía y su compromiso social.

BEAUHARNAIS, JOSEFINA (1763-1814): Esposa de Napoleón Bonaparte. Fue coronada emperatriz en 1804. En 1809, Napoleón se separó de ella para casarse con María Luisa de Habsburgo-Lorena.

BEAUVOIR, SIMONE (1908-1986): Escritora francesa. Autora

Isabel I

de novelas y ensayos que tratan de política y de la emancipación de la mujer. Fue compañera y amiga de Jean-Paul Sartre. Entre sus obras destacan *El segundo sexo* (1949) y *Memorias de una muchacha ordenada* (1958).

BEECHER STOWE, HARRIET (1811-1896): Escritora

norteamericana autora de *La cabaña del tío Tom* que trataba del problema de la esclavitud de los negros de Norteamérica.

BERGMAN, INGRID (1915-1982): Actriz de cine sueca, entre cuyos grandes éxitos destacan *Casablanca* (1943), *Por quién doblan las campanas* (1943), *Luz de gas*

Cristina de Suecia

(1944), por la que ganó un Oscar y *Encadenados* (1946).

BERNHARDT, SARAH (1844-1923): Actriz de teatro francesa. Fascinante y excéntrica, interpretó comedias, tragedias y una película. Poseía una gran expresividad interpretativa.

BHUTTO, BENAZIR (1953-): Política de Pakistán. Fue elegida primera ministra en 1988, pero en 1990, después de la victoria electoral de la oposición, tuvo que dimitir.

BLIXEN, KAREN (1885-1962): Escritora danesa que vivió en Kenia casi veinte años. Autora de *Lejos de*

África (1937) y de numerosos relatos como *El banquete de Babette*.

BLYTON, ENID (1897-1968): Escritora inglesa, célebre por sus numerosos libros para niños y niñas de aventura, misterio e internados.

BORGIA, LUCRECIA (1480-1519): Princesa italiana, hermana de César Borgia. Mujer de gran belleza y personalidad, fue acusada de los peores crímenes.

BRÖNTE, CHARLOTTE (1816-1855), EMILY (1818-1848) y ANNE (1820-1849): Las tres hermanas Brönte, hijas de un párroco anglicano de Yorkshire, se dedicaron a la literatura. Sus novelas más conocidas son *Cumbres borrascosas* (de Emily) y *Jane Eyre* (de Charlotte).

CABALLÉ, MONTSERRAT (1933-): Soprano española. Estudió en el Liceo de Barcelona. Debutó en Basilea en 1956 con el personaje Mimí de *La Bohème* de Puccini.

CALAMITY JANE (1848-1903): Seudónimo de Martha Jane Burke. Forajida del Lejano Oeste, tenía una puntería legendaria. Pidió que la enterraran cerca del pistolero Wild Bill Hickock.

María Antonieta de Habsburgo-Lorena

Gertrude Ederle

CALLAS, MARIA: pág.40.

CAMPBELL, NAOMI (1970-): Top model inglesa. Ha salido en las portadas de las revistas más famosas. En 1995 grabó un disco en Japón y ha participado en varias películas.

CAMPION, JANE (1954-): Directora de cine neozelandesa.

Sarah Bernhardt

Ha dirigido varios largometrajes, como *Un ángel en mi mesa* (1990) y *El piano* (1993). Ganó tres Oscars.

CARTLAND, BARBARA (1901-): Escritora inglesa de novelas rosa, sin pretensiones literarias, pero muy apreciadas por el gran público. Ha vendido más de 380 millones de ejemplares. Después de Agatha Christie, es la autora más traducida del mundo.

CORDAY, CHARLOTTE (1768-1793): Heroína de la Revolución Francesa. Exasperada por los excesos de los revolucionarios y convencida de que uno de los responsables era Marat, lo apuñaló en la bañera (13 de julio de 1793). Ese mismo día fue condenada a muerte y guillotinada.

CORNELIA (ca.189 a.C. - ca.110 a.C.): Hija de Escipión el Africano y esposa de Tiberio Sempronio Graco.

Marie Curie

Sus hijos, Tiberio y Cayo, propusieron al Senado romano leyes en materia agrícola que defendían los intereses del pueblo ante la aristocracia.

CRAWFORD, CINDY (1966-): Top model norteamericana. Casada

Leonor de Aquitania

y divorciada de Richard Gere, ha aparecido en más de trescientas portadas de revistas.

CRISTINA DE SUECIA (1626-1689): Fue reina a los seis años. Mujer inteligente y culta, recibió en su corte a los grandes intelectuales de la época. Abdicó y se convirtió al catolicismo. Después, inició un viaje por Europa. Murió en Roma. En el Museo del Vaticano se puede admirar su valiosa colección de arte.

CURIE, MARIE: pág.22.

DELEDDA, GRAZIA (1871-1936): Escritora autodidacta italiana. En 1926 le fue concedido el Premio Nobel. Su novela más famosa es *Cañas al viento* (1913).

María Estuardo

DIANA, PRINCESA DE GALES: pág.48.

DICKINSON, EMILY (1830-1886): Poetisa norteamericana. Pasó toda su vida en el pueblo donde nació, llevando una existencia retirada. Escribió 1775 poesías que hablaban del amor, la muerte y la naturaleza.

DIETRICH, MARLENE (1901-1992): Seudónimo de Marie Magdalene von Losch. Actriz de

Vestidos del siglo XIX franceses e ingleses.

cine y cantante alemana que hizo el papel de mujer fatal en el largometraje *El ángel azul* (1930). Con

Shangai Express (1932) y *Vencedores y vencidos* (1961) conquistó Hollywood.

DUNCAN, ISADORA (1878-1927): Bailarina norteamericana que defendió la importancia de la libertad de movimientos en la danza.

DUSE, ELEONORA (1858-1924): Actriz de teatro italiana. Empezó a recitar a los cuatro años. Trabajó en toda Europa y en América. Gabriele

Vestidos alemanes del siglo XVIII y franceses de finales del XVIII.

d'Annunzio se enamoró de ella. Tuvo una vida difícil y, durante una gira, murió en la miseria en Estados Unidos.

Lucrecia Borgia

EARHART, AMELIA: pág.32.

EDERLE, GERTRUDE (1906-): Campeona de natación norteamericana. Fue la primera persona en cruzar a nado el Canal de la Mancha en 1926 en 14 horas y 39 minutos.

FITZGERALD, ELLA: pág.38.

FOSSEY, DIANE: pág.46.

FRANK, ANNA: pág.44

GARBO, GRETA: pág.34.

GARLAND, JUDY (1922-1969): Cantante y actriz norteamericana. Su verdadero nombre era Frances Gumm. Hija de artistas, debutó como cantante a los cinco años. Actuó en muchos largometrajes, como *El mago de Oz* (1939). Se casó en segundas nupcias con el director de cine Vincent Minnelli, de quien tuvo una hija, Liza. Con *Ha nacido una estrella* (1954) ganó un Oscar.

GHANDI, INDIRA (1917-1984): Política de la India, discípula de Tagore. Fue jefe de gobierno durante más de diez años. Murió asesinada por un oficial de su guardia.

Anna Paulova

GRAHAM, MARTHA (1894-1991): Bailarina y coreógrafa norteamericana. Transformó la danza estudiando nuevos movimientos inspirados en el dominio total del cuerpo.

HAYWORTH, RITA (1918-1987): Seudónimo de Margarita Cansino. Actriz de cine norteamericana de origen hispano, célebre por sus largos cabellos rojos. Se casó con el Ali Khan en 1949. Interpretó muchas películas, entre las que destaca *Gilda* (1946).

HEPBURN, AUDREY (1929-1993): Actriz de cine norteamericana. Entre sus largometrajes más famosos están *Vacaciones en Roma* (1953), por el que ganó un Oscar, *Sabrina* (1954), *Guerra y paz* (1956) y *Desayuno con diamantes* (1961).

HEPBURN, KATHERINE (1909-): Actriz de cine norteamericana. Intervino en *Mujercitas* (1933), *Gloria de un día* (1933), con la que ganó un Oscar, *Adivina quien viene a cenar* (1967) y *En el estanque dorado* (1981).

HOLIDAY, BILLIE (1915-1959): Cantante de blues y de jazz norteamericana. Está considerada una de las mejores intérpretes vocales de todos los tiempos. Es famosa su canción *The man I love*.

HORTENSIA (100 a.C.):

Hija de Hortensio Quinto, orador rival de Cicerón. Se distinguió por su habilidad en materia legal y logró conseguir para los patricios una importante reducción de los impuestos.

HILDEGARDA DE BINGEN

(1098-1179): Abadesa benedictina. Apasionada de la poesía, la música y las ciencias naturales. Fundó los monasterios de Rupertsberg y de Eibingen. Fue muy célebre por sus visiones y profecías.

ISABEL I: pág.14

Jane Austen (1775-1817). Escritora inglesa autora de *Orgullo y prejuicio, Emma, Mansfield Park.*

ISABEL DE WITTELSBACH

(1837-1898): Emperatriz de Austria, conocida con el apodo de Sissi. En 1854 se casó con Francisco José. Gracias a ella, la corte de Viena se convirtió en la más activa de Europa. Siendo reina de Hungría, defendió

los intereses de los húngaros. Fue asesinada por un anarquista en Ginebra en 1898. El filme más famoso sobre su vida fue interpretado por la actriz Romy Schneider.

ISABEL LA CATÓLICA (1451-

1504): Reina de Castilla. Se casó con Fernando, rey de Aragón y de Sicilia. Junto a su marido, unificó España y llevó a cabo muchas reformas. Instigada por su confesor, Torquemada, dio carta blanca a la Inquisición, expulsó de España a los musulmanes y a los judíos. Gracias a su apoyo, Cristóbal Colón pudo descubrir América.

Vestidos del siglo XVII holandeses y franceses.

JOHNSON, AMY (1903-1941):

Secretaria inglesa apasionada por el vuelo. Se hizo piloto y logró volar en solitario de Inglaterra a Australia.

JUANA DE ARCO: pág.12.

KAHLO, FRIDA (1907-1954):

Pintora mexicana que contó entre sus admiradores con Picasso, Kandinsky y Duchamp.

KELLER, HELEN (1880-1968):

A la edad de un año se volvió sordomuda y ciega. Gracias a su maestra, Anne Sullivan, aprendió el lenguaje de los signos y la escritura Braille. Aprendió varios idiomas

Mujer germánica

y se licenció en la universidad con notas excelentes. Miembro del partido socialista y militante pacifista, fue amiga de Mark Twain y Albert Einstein, que la admiraban por su valor y su cultura. Es un mito norteamericano.

KELLY, GRACE (1929-1982):

Actriz de cine norteamericana. Entre sus largometrajes más famosos están *Solo ante el peligro* (1952), *Angustia por vivir* (1954), por el que ganó un Oscar, *La ventana indiscreta* (1954) y *Crimen perfecto* (1954). En 1956 renunció a su carrera cinematográfica para casarse con el príncipe Rainiero de Mónaco.

KENNEDY, JACQUELINE (1929-

1996): Su apellido de soltera era Bouvier. Periodista del *Times Herald* de Washington, conoció a John Kennedy durante una entrevista. Se casaron en 1953. Cuando el presidente fue asesinado en Dallas (1961), Jackie iba en el automóvil presidencial. Después se volvió a casar con Aristóteles Onassis.

Juana de Arco

LAGERLÖF, SELMA (1858-1940):
Escritora sueca. Autora de la obra para niños *La saga de Gösta Berling* y *El maravilloso viaje de Nils Holgersson a través de Suecia*. En 1909 recibió el Premio Nobel de Literatura.

LEMPICKA, TAMARA DE (1898-1980):
Nombre artístico de Tamara Gorska. Pintora polaca que descubrió muy pronto su pasión por el arte. Fascinante y transgresora, tuvo una vida muy agitada. Se le atribuyen relaciones con Gabriele d'Annunzio.

LEONOR DE AQUITANIA:
pág.10.

LEVI-MONTALCINI, RITA (1909-):
Bióloga italiana. En 1986 le concedieron el Premio Nobel de medicina y fisiología.

Isabel la Católica

LINDGREN, ASTRID (1907-):
Escritora sueca de libros infantiles. Creó el personaje de Pippi Calzaslargas.

LOREN, SOFIA (1934):
Seudónimo de Sofia Scicolone. Actriz de cine italiana, entre cuyos largometrajes más famosos destacan *L'oro di Napoli* (1954), *Dos mujeres* (1960), por el que obtuvo el Oscar, *Matrimonio a la italiana* (1964), *La condesa de Hong Kong* (1966), *Una jornada particular* (1977).

LUCY (*Australopithecus afarensis*):
Esqueleto de homínido fósil de casi tres millones de años de antigüedad. Sus restos fueron hallados en Etiopía en 1974. Medía casi un metro diez de altura y probablemente era muy hábil trepando a los árboles.

Catalina de Rusia

LUXEMBURG, ROSA (1870-1919):
Política alemana de origen polaco. De ideología socialista, fue encarcelada durante la Primera Guerra Mundial. Fundó el partido comunista alemán en 1818. Fue asesinada por los militares.

MADONNA (1958-):
Nombre artístico de Louise Ciccone. Cantante pop norteamericana. Su primer elepé, *Madonna*, incluye cinco sencillos de gran éxito. Ha intervenido en algunas películas, como *Buscando a Susan desesperadamente* (1985) y *Dick Tracy* (1990).

MADRE TERESA DE CALCUTA:
pág. 36.

MAGNANI, ANNA (1903-1973):
Actriz de cine y teatro italiana, símbolo del cine neorrealista. Entre sus largometrajes más famosos están

Florence Nightingale

Roma ciudad abierta (1945), *Assunta Spina* (1949) y *La rosa tatuada* (1955), por el que ganó un Oscar.

MAKEBA, MIRIAM (1932-):
Cantante africana zulú, comprometida en la lucha contra el apartheid de Sudáfrica. Ha obtenido grandes éxitos en Europa y en Estados Unidos.

MARÍA ANTONIETA DE HABSBURGO-LORENA, reina de Francia (1755-1793):
Hija de María Teresa de Austria y de Francisco I. Se casó con el futuro rey Luis XVI. Bajo su gobierno, estalló la Revolución Francesa. María Antonieta y el rey intentaron huir,

Grace Kelly

pero fueron apresados en Varennes. Fue decapitada el 16 de octubre de 1793.

MARÍA ESTUARDO (1542-1587): Hija de Jacobo V y María de Lorena. A los seis años la prometieron con Francisco II de Francia, con

Anastasia Romanov y su familia

quien se casó más tarde. Al enviudar, regresó a Escocia y se casó con un católico, Lord Darnley. Reivindicó el trono de Inglaterra, que ya estaba en posesión de Isabel I. Al morir su esposo se volvió a casar con un protestante y fue obligada a abdicar. Implicada en una conspiración contra Isabel, ésta la condenó a muerte.

MARÍA TERESA DE HABSBURGO (1717-1780): Hija de Carlos V. En 1736 se casó con Francisco Esteban de Lorena. Al

Vestidos griegos y romanos.

morir su padre fue emperatriz. Las grandes potencias europeas se opusieron a su coronación y nació un conflicto al que se puso fin con la paz de Aquisgrán (1748).

MATA HARI: pág. 26.

MEAD, MARGARET (1901-1978): Antropóloga norteamericana. Estudió las costumbres de los pueblos de la Polinesia y de Nueva Guinea.

MEIR, GOLDA (1898-1978): Política israelita. Primera ministra desde 1969 hasta su dimisión en 1974, tras la guerra del Yom Kippur.

MONROE, MARILYN: pág. 42.

MONTESSORI, MARIA (1870-1952): Pedagoga italiana. Licenciada en medicina y especializada en psiquiatría infantil. Fundó en los barrios populares de Roma los primeros parvularios. Revolucionó los sistemas de enseñanza y defendió

la idea de que el niño tenía que ser libre para aprender de forma autónoma.

NEFERTITI (Siglo XIV a.C.): Esposa de Ajenatón o Amenhotep IV. Ha pasado a la historia por su belleza. Su nombre significa «Ha llegado la bella». En el Museo Egipcio de Berlín se expone un espléndido busto policromado de la reina.

NIGHTINGALE, FLORENCE: pág. 18.

PANKHURST, EMMELINE (1858-1928): Política inglesa. Se comprometió en la lucha por la emancipación de la mujer y por el derecho al voto, participando en protestas espectaculares que llamaban la atención pública.

Noble medieval

PASIONARIA, LA (1895-1989): Apodo de Dolores Ibárruri Gómez. Política española, afiliada al partido comunista; fue célebre por su militancia antifascista durante la

Guerra Civil española. Su frase «No pasarán» se hizo famosa.

PAULOVA, ANNA (1881-1931):
Bailarina rusa. A los diez años ingresó en la escuela de danza de San Petersburgo. Famosa en todo el mundo, creó su propia compañía y actuó en más de tres mil espectáculos.

Ana Bolena

PERÓN, EVITA (1919-1952):
Nombre de casada de Eva Duarte. Actriz argentina que entró en la política al casarse con Juan Domingo Perón en 1945. Se ganó el afecto del pueblo y en Argentina se decretó luto nacional por su muerte prematura.

POTTER, BEATRIX (1866-1943):
Escritora e ilustradora inglesa, autora de los cuentos del Conejito Peter.

QUANT, MARY (1934-):
Diseñadora de moda inglesa. Célebre por haber inventado la minifalda.

READ, MARY (S. XVIII):
Pirata inglesa. Educada como un hombre, se enroló en un barco de guerra y después en el ejército. Se casó y abrió una taberna. Al enviudar, volvió a enrolarse en la marina. Después decidió convertirse en pirata y, junto con otra mujer, Anne

Anita Maria Ribeiro da Silva (1821-1849), compañera de Giuseppe Garibaldi, combatió con él en la guerra americana y después lo siguió a Italia.

Bonney, se distinguió por su coraje en los abordajes. Fue apresada y murió en la cárcel antes de los cuarenta años.

RIEFENSTAHL, LENI (1902-):
Actriz y directora alemana. Debutó como bailarina y también se dedicó a la pintura. En 1936 realizó *Olympia*, un documental sobre los Juegos Olímpicos celebrados en Berlín.

ROOSVELT, ANNA ELEANOR (1884-1962):
Esposa de Franklin Roosvelt, elegido presidente de Estados Unidos en 1933. En 1948, Eleanor promovió la *Declaración universal de los derechos humanos*.

RUBINSTEIN, HELENA: pág.24.

SAFFO (Siglo VII A.C.):
Poetisa griega. Autora de himnos y odas sobre el amor entendido como pasión y fuerza arrolladora.

SAGAN, FRANÇOISE (1935-):
Escritora de obras teatrales y narrativas entre las que destaca *Buenos días tristeza* (1954).

SAND, GEORGE (1804-1876):
Seudónimo de Lucie Aurore Dupin. Escritora francesa que reivindicó los derechos de la mujer y fundó varias revistas socialistas.

SANTA TERESA DE JESÚS (1515-1582):
Escritora y religiosa mística española. Su evolución espiritual se puede seguir a través de sus obras de carácter autobiográfico: *La vida*, *Relaciones espirituales*, *Libro de las fundaciones*, *Camino de perfección*, *Las moradas*. Realizó la reforma de la orden carmelitana para devolverle su antiguo rigor.

Cuando el español Cortés conquistó el imperio azteca (1521), fue una mujer azteca, Marina (Malinche), quien tradujo sus palabras al emperador Moctezuma.

ISABEL I, REINA DE INGLATERRA

SCHIFFER, CLAUDIA (1970-):
Top model alemana, prometida desde hace tiempo con el mago David Copperfield.

SCHUMANN, CLARA (1819-1896): Pianista y compositora

Vestidos del siglo XVIII ingleses y franceses.

alemana. Se casó con Robert Shumann, alumno de su padre. Al morir su esposo, que padecía de los

H. Beecher Stowe

nervios, encontró consuelo en la amistad de Johannes Brahms.

SÉGUR, SOPHIE ROSTOPCINA (1799-1784): Condesa francesa de origen ruso. Autora de libros infantiles como *Memorias de un asno* (1860), *Las desdichas de Sofía* (1864), *El general Dourakine* (1866).

SEMÍRAMIS: pág.4.

SÉVIGNÉ, MARQUESA DE (1626-1696): Nombre de casada Marie de Rabutin-Chantal. Es célebre por sus cartas.

SHELLEY, MARY (1797-1851): Escritora inglesa. Segunda esposa del poeta P. B. Shelley. Sus novelas más famosas son *Frankenstein* y *Prometeo moderno* (1818).

SIMPON, WALLIS (1896-1986): De nombre de soltera Warfield. Se divorció del primer marido y, a los 35 años, conoció al príncipe de Gales, Eduardo VIII, quien para casarse con ella renunció al trono.

SPICE GIRLS: Grupo pop femenino inglés de la mitad de la década de los noventa, compuesto por cinco muchachas: Gery Estelle Halliwell (*sexy spice*), Melanine Janine Brown (*scary spice*), Victoria Addams (*posh spice*), Melanie Jayne Chisholm (*sporty spice*) y Emma Lee Bunton (*shy spice*). Su primer gran éxito fue *Wannabe* (1997), al que siguió *Spice world*.

Amy Johnson

SUU KYI, AUNG (1945-): Política de Myanmar (ex Birmania). Fue sometida a un arresto domiciliario de seis años por su lucha por la democracia. En 1991 recibió el Premio Nobel de la paz.

TABEL, JUNKO (1939-): Escaladora japonesa. Fue la primera

Evangeline Booth, generala del Ejército de Salvación, fundado en 1865 por su padre William Booth.

mujer que subió a la cima del Everest, en 1975.

TELLADO, MARÍA DEL SOCORRO (CORÍN) (1926-): Escritora española de novelas románticas y sentimentales. Cultiva asimismo la fotonovela y el libro infantil.

Cleopatra

TEMPLE, SHIRLEY (1928-): Niña prodigio del cine norteamericano de los años treinta. Intervino en muchas películas como *Ojos cándidos* (1934), *La pequeña coronela* (1935), *Rebeca la de la granja del sol* (1937), *El pájaro azul* (1940), *Fort Apache* (1948), *A rienda suelta* (1950). De mayor se ha dedicado a la carrera diplomática.

TEODORA DE BIZANCIO: pág. 9.

TERESKOVA, VALENTINA (1937-): Cosmonauta soviética. Fue la primera mujer en viajar al espacio (1963).

THATCHER, MARGARET (1925-): Política británica. Secretaria del partido conservador en 1975. Fue elegida primera ministra del Reino Unido en 1979. Recibió el apodo de «Dama de hierro».

TS'EU-HI, emperatriz china (1835-1908): Ambiciosa, cruel y la favorita del soberano Hien-fong. Cuando éste murió, se convirtió en regente. Durante su mandato, estalló la revuelta de los boxers (1900). Murió después de 47 años en el gobierno.

TURNER, TINA (1938-): Nombre artístico de Annie Mae Bullock. Cantante de rock norteamericana. Debutó con Ike Turner, con quien se casó. Después de divorciarse, siguió cantando. Entre sus éxitos están *Private dancer*, *What's love got to do with it* y *Two people*.

TUSSAUD, MARIE (1760-1850): Más conocida como Madame Tussaud. Escultora suiza. En 1833 hizo construir el Museo de Cera de Londres, donde están

Louisa May Alcott

representados en figuras de cera personajes famosos.

VICTORIA I (1819-1901): Reina de Gran Bretaña e Irlanda y emperatriz de la India. Hija de Eduardo, duque de Kent, se quedó huérfana de padre a los 8 meses. En 1837 fue nombrada reina. En

1840 se casó con su primo Alberto de Sajonia de Coburgo-Gotha. Bajo su mandato el imperio británico se expandió notablemente.

WAGNER, COSIMA (1837-1930): Hija natural de Franz Liszt, que fue reconocida por éste cuando tenía siete años. Se casó con el pianista Hans von Bülow en 1857. En el viaje de luna de miel

Vestidos de la alta y baja Edad Media.

conoció a Richard Wagner, con quien se casó en 1869.

WOOLF, VIRGINIA (1882-1941): Escritora inglesa autora de *La señora Dalloway* (1925) y *Al faro* (1927).

XIRGU, MARGARITA (1888-1969): Actriz española. En 1906 se reveló con la interpretación de *Thérèse Raquin*, de Zola. En 1945 estrenó en Buenos Aires la obra de García Lorca *La casa de Bernarda Alba*.

ZENOBIA (Siglo III): Reina de Palmira. Ocupó Egipto y parte de Asia Menor. Fue derrotada por el emperador Aureliano.

CRISTÓBAL COLON PUDO PARTIR PARA AMÉRICA (1492) GRACIAS A ISABEL DE CASTILLA.

DICCIONARIO DE
MUJERES IMAGINARIAS

AIDA: Personaje de la ópera *Aida* compuesta por Giuseppe Verdi en 1871 con ocasión de la inauguración del Canal

Galatea, divinidad marina, hija de Nereo.

de Suez. Aida, esclava de la hija del faraón egipcio, es la hija secreta del rey de Etiopía, enemigo de Egipto. Aida está enamorada de Radamés, jefe de las tropas egipcias. Después de muchas vicisitudes muere junto a él, condenados por traición.

Pulgarcita, al final de su aventura, se casa con el rey de los Elfos.

ALICIA: Protagonista del libro *Alicia en el País de las Maravillas* (1865) del escritor y matemático inglés Lewis Caroll, seudónimo de Charles L. Dodgson (1832-1898). Alicia se está aburriendo y de pronto ve pasar un conejo blanco. La niña cae en su madriguera y va a parar al País de las Maravillas, donde le suceden cosas extrañas: nada en un lago de lágrimas, unas pociones mágicas la hacen crecer como un gigante o la hacen disminuir muchísimo. Conoce a un sombrerero loco y tiene problemas con la perversa reina de corazones. Finalmente, se despierta y, sorprendida, piensa: «He tenido un sueño muy extraño…»

Sirenita se enamora de un príncipe rescatado de una tempestad.

BARBIE: La muñeca más famosa del mundo. Fue creada en los años cincuenta por la firma Mattel, Inc. Tiene un amplio vestuario, muchos accesorios e incluso un novio llamado Ken.

Medea, maga que ayudó a Jasón a conquistar el «Vellocino de Oro».

BEATRIZ: Es la musa inspiradora del poeta Dante Alighieri, que describe su amor por ella en *Vida nueva* (1292-1293) y en la *Divina Comedia* (ca. 1304-1321). En realidad se llamaba Bice y era hija de Folco Portinari. Conoció a Dante a los 9 años. Murió muy joven, pero el poeta la inmortalizó en sus poemas.

BÉCASSINE: Niña de cabello negro y mejillas sonrosadas que lleva el vestido tradicional bretón. Su nombre significa «boba». Es tontita y siempre se mete en problemas. Sus historias (creadas por J. P. Pinchon y Maurice Languereau) narran con humor la vida de la sociedad burguesa francesa entre la Primera y la Segunda Guerra Mundial.

BELLA: Protagonista del cuento *La Bella y la Bestia* de la autora francesa Jeanne-Marie Le Prince de Beaumont (1711-1780). En 1991, la Disney hizo una película de dibujos animados basada en el cuento.

LA BELLA DURMIENTE DEL BOSQUE: Protagonista del cuento de Charles Perrault (1628-1703). El hechizo de un hada malvada la hace dormir durante cien años, hasta que el beso de un príncipe la despierta. En 1959, Walt Disney hizo un largometraje de dibujos animados basado en el cuento.

BETTY BOOP: Personaje de cómic norteamericano de los años 30. Es una cantante de jazz morena y cabello rizado, de grandes ojos negros y coqueta, que lleva un vestido ceñido. En 1988 hizo una breve aparición en la película ¿Quién engañó a Roger Rabbit?

Ariadna, hija de Minos, ayudó a Teseo a matar el Minotauro y a salir del laberinto.

Un día come una manzana envenenada, pero el beso de un príncipe la despierta. En 1937, Walt Disney hizo una película basada en el cuento titulada *Blancanieves y los siete enanitos*.

BONNIE: Protagonista de la película *Bonnie & Clyde* de Arthur Penn, de 1967, interpretada por Faye Dunaway. Juntos Bonnie y Clyde forman una simpática pareja de malhechores.

CAPERUCITA ROJA: Protagonista del cuento de Charles Perrault (1628-1703). Es una niña que no escucha los consejos de su madre. Cuando va a ver a su abuela, que vive en el bosque, el lobo la devora pero la salva un cazador.

CARLOTA: Protagonista de la novela *Las afinidades electivas* (1809) del autor alemán Johann Wolfgang Goethe.

Dido, hija del rey de Tiro, se enamoró de Eneas, pero al no ser correspondida, se mató.

El hada madrina de Cenicienta transforma sus harapos en un precioso vestido y la calabaza en una carroza.

BLANCA: Las aventuras de esta ratoncita son obra de la autora inglesa, M. Sharp. Blanca y Berni son una pareja de ratoncitos detectives que rescatan a personas en peligro. La Disney en 1977 hizo la película de dibujos animados, *Los rescatadores*. En 1991 se estrenó la continuación, *Los rescatadores en Cangurolandia*.

BLANCANIEVES: Protagonista del cuento de Jacob (1785-1863) y Wilhem Grimm (1786-1859). Tiene los cabellos negros como el azabache y la piel blanca como la nieve. Su madrastra la envidia por su belleza y, por este motivo, ha de refugiarse en casa de los siete enanitos.

CENICIENTA: Personaje del cuento de Charles Perrault (1628-1703). La madrastra y las hermanastras la obligan a hacer las tareas del hogar. Su madrina es un hada y, gracias a ella, puede asistir al baile del príncipe. Sin embargo, tiene que irse corriendo a las doce en punto de la noche y entonces pierde un zapato de cristal, que permitirá al príncipe encontrarla. Walt Disney hizo una película de dibujos animados en 1950.

Deyanira, esposa de Heracles, fue raptada por el centauro Neso.

Caperucita Roja cruza el bosque para ir a ver a su abuela.

CLARABELA: Personaje de historieta y de dibujos animados de Walt Disney. Es una vaca que lleva una falda de flores, un sombrero y zapatos de tacón. Su novio es Horacio.

CRUELLA DE VILLE: Perversa ladrona de cachorros dálmatas (quiere hacerse un abrigo de pieles con ellos), protagonista de la película de dibujos animados de Walt Disney *101 dálmatas* (1961). En 1996 se realizó la versión cinematográfica *101 dálmatas*. En esta ocasión los personajes eran reales y el de Cruella era interpretado por Glenn Close.

DOÑA URRACA: Personaje creado por Jorge, seudónimo de Miguel Bernet. Muy popular y con mucho carácter, Doña Urraca es un reflejo de los problemas de la España franquista.

DOROTHY: Protagonista de *El Mago de Oz*, del escritor norteamericano L.F. Baum. Un tornado arrastra a Dorothy Gale al país de Oz. Para regresar a casa debe ir a ver al mago de la Ciudad Esmeralda, pero la bruja del oeste se lo

Casandra, hija de Príamo, rey de Troya, tenía el poder de prever el futuro, pero nadie creía en sus profecías.

pone difícil, a ella y a sus amigos: el espantapájaros, el león cobarde y el hombre de hojalata.

DULCINEA DEL TOBOSO: Dama imaginaria de quien se enamora el caballero andante Don Quijote de la Mancha, en la novela de caballería *El ingenioso hidalgo Don Quijote de la Mancha* (1605) del autor español Miguel de Cervantes Saavedra.

DUQUESA: Elegante gata de la película de dibujos animados *Los aristogatos* de la Disney (1970). Duquesa vive en una casa lujosa. Un día ella y sus tres gatitos, Matisse, Minou y Bizet, son secuestrados por el mayordomo, que ha descubierto que la gata será la única heredera de su ama. Finalmente, Duquesa conoce a Romeo, un simpático gato vagabundo, que la devuelve a su casa.

EMMA: Protagonista de la novela *Emma* (1816), de la escritora inglesa Jane Austen.

EMPERATRIZ INFANTIL: Personaje de *La historia interminable* (1979), del escritor alemán Michael Ende. Es la reina del País de la Fantasía y ha salido en busca de un nuevo nombre. Bastián, el lector de la historia, que entra

Sirenas que, con su canto melódico, atraían a los marineros hacia los acantilados y les hacían naufragar.

en el libro, le da el nombre de Hija de la Luna.

ESCARLATA O'HARA: Protagonista de la novela *Lo que el viento se llevó* (1936), de la autora norteamericana Margaret Mitchell, en la que se basa la película del mismo título, cuyo papel principal, el de Escarlata, fue interpretado por Vivien Leigh.

ESMERALDA: Protagonista de la novela *Nuestra Señora de París*, del autor francés Victor Hugo (1802-1885). Es una

bellísima gitana perseguida por todos y amada por el jorobado Quasimodo. En 1996 la Disney realizó la película de dibujos animados *El jorobado de Nôtre Dame*.

EUGENIA GRANDET: Protagonista de la novela homónima (1833) del escritor francés Honoré de Balzac. Hija del avaro Papa Grandet, se enamora de su primo, a quien confía todas sus posesiones. Después descubre que la ha engañado y que está a punto de casarse con otra.

GIOCONDA: Seudónimo de Monna Lisa del Giocondo, representada en el cuadro realizado por Leonardo da Vinci (1452-1519), que se expone en el Louvre. Es célebre por su enigmática sonrisa.

GRETEL: Personaje del cuento *Hänsel y Gretel*, de los hermanos Jacob (1785-

Alicia en el País de las Maravillas tropieza con la malvada reina de corazones.

1863) y Wilhelm (1786-1859) Grimm. Gretel y su hermano Hänsel son abandonados por su padre en el bosque. Encuentran una casita hecha de caramelo, en la que vive una bruja mala. Ésta los encierra hasta que, finalmente, Gretel logra meter a la bruja en el horno y salvar a su hermano.

HADA TURQUESA: Personaje del libro *Las aventuras de Pinocho* (1883), del autor italiano Carlo Collodi, seudónimo de Carlo Lorenzini.

Némesis, hija de la noche, representa la venganza de los dioses.

HEIDI: Protagonista de la novela *Heidi* (1880), de Johanna Spyri. Heidi vive con su abuelo en una cabaña de los Alpes. Un día su tía decide mandarla a la ciudad para que haga de dama de compañía de una niña paralítica, Clara. Heidi echa de menos a sus montañas y vuelve a vivir a su cabaña. Clara se reúne con ella durante las vacaciones y, finalmente, para sorpresa de todos, vuelve a andar.

HERMANAS GILDA: Personajes creados por Manuel Vázquez en 1949. Son dos hermanas solteronas y quejicas, pero al mismo tiempo simpáticas y entrañables, que reflejan los problemas de la vida cotidiana en la España franquista.

HONORATA DE VAN GULD: Personaje de las novelas *El corsario negro* y *La reina del Caribe* de Emilio Salgari (1862-1911). Es la hija del gobernador de Maracaibo; de ella se enamora el Corsario Negro, enemigo de su padre, que la abandona en una chalupa en el mar. En la novela siguiente, la vuelve a encontrar y se casa con ella. Honorata muere al dar a luz a su hija Yolanda.

GINEBRA, REINA DE CAMELOT, PROTAGONISTA DE LA LEYENDA DE LA TABLA REDONDA (SIGLO XI).

ISEO: Protagonista de una antigua leyenda. La historia de amor entre Tristán e Iseo inspiró al músico alemán Richard Wagner (1813-1883) su ópera *Tristan und Isolde* (1859).

JANE: Compañera de Tarzán en la novela del escritor norteamericano E. R. Burroughs (1875-1950). En la selva

Leto, madre de Artemisa y de Apolo.

encuentra a Tarzán, que la salva y la protege.

JANE EYRE: Protagonista de *Jane Eyre* (1847), de la escritora inglesa Charlotte Brönte.

JULIETA: Protagonista de la tragedia *Romeo y Julieta* del dramaturgo inglés William Shakespeare (1564-1616). En Verona, la familia de los Capuleto es enemiga de los Montesco. En un baile de máscaras, Julieta Capuleto se enamora de Romeo Montesco y, a escondidas, se casan. Romeo debe abandonar Verona. Mientras, el padre de Julieta quiere casar a su hija con el conde Paris. La víspera de la boda, Julieta toma una poción que le da el aspecto de muerta. Romeo, convencido de que lo está realmente, se envenena. Cuando Julieta comprende lo sucedido, se suicida.

LUCIA: Protagonista de la novela *Los novios* (1827-1842) de Alessandro Manzoni. Lucia es la prometida de Renzo, pero don Rodrigo, enamorado de ella, intenta impedir el matrimonio.

MADAME BOVARY: Protagonista de la novela *Madame Bovary* (1857), del escritor francés Gustave Flaubert.

MANON LESCAUT: Protagonista de la novela *La verdadera historia del caballero Des Grieux y de Manon Lescaut* del abad francés Antoine François Prévost (1697-1763). Sus vivencias inspiraron a Puccini para su ópera *Manon Lescaut* (1893).

MARY POPPINS: Niñera de la novela *Mary Poppins* de la autora australiana P.L. Travers. Mary es contratada por la familia Banks a través de un anuncio en un diario. Los niños a su cargo están fascinados por ella.

MATILDA: Protagonista de la novela *Matilda* (1988) del escritor noruego Roald

La malvada madrastra ofrece a Blancanieves una manzana envenenada.

Dahl. Matilda Dalverme adora leer, pero sus padres no la comprenden. Matilda descubre que tiene poderes paranormales, con los que se venga de la maldad de sus

padres y de la insoportable directora de la escuela.

MILADY: Personaje de *Los tres mosqueteros* (1844), novela de Alexandre Dumas padre. Es el apodo de Charlotte Backson, una dama bellísima y malvada, enemiga de los mosqueteros.

MINNIE: Personaje de historieta y de dibujos animados de Walt Disney. Es una ratoncita, de largas pestañas que lleva una falda de topos. Es la novia del ratón Mickey. No se casan nunca, porque son felices tal como están.

MISS MARPLE: Personaje creado por la escritora inglesa Agatha Christie,

Circe, maga y reina de la isla de Ea, transformó a los compañeros de Odiseo (Ulises) en cerdos.

seudónimo de Agatha Clarissa Miller (1890-1976). Es una anciana que siente una gran pasión por resolver crímenes y por la jardinería. Es muy hábil para las investigaciones.

MISS PEGGY: Marioneta televisiva de los Teleñecos (1976-1981), creados por Jim Henson y su mujer Jane Nebel. Es una cerdita de cabellos rubios que trabaja en un canal de televisión junto a la Rana Gustavo.

MISS PRICE: Es la aprendiz de bruja de la película de la Disney *La bruja novata* (1971), interpretada por Angela Lansbury. Durante la Segunda Guerra Mundial, esta extraña señora hace fracasar el desembarco alemán en Inglaterra con tan solo un manual de fórmulas mágicas.

Artemisa, diosa de la caza, hermana de Apolo.

MOMO: Protagonista de la novela *Momo* (1973), del escritor alemán Michael Ende. Es una niña que,

Atalanta, abandonada por su padre, rey de Arcadia, fue criada por una osa y llegó a ser una gran cazadora.

con la ayuda de una tortuga y del Maestro Hora, luchan contra los Hombres Grises, que quieren robar el tiempo.

MUJERCITAS: Protagonistas de la novela homónima (1868) de la escritora norteamericana L.M. Alcott. Son cuatro hermanas: Meg es la mayor y la más prudente; Jo es rebelde y le gusta escribir; Beth toca el piano; a Amy le gusta pintar. La novela está ambientada en Estados Unidos, durante la Guerra de Secesión, y ha inspirado varios largometrajes.

Beatriz fue la musa inspiradora del poeta Dante Alighieri.

OLIVIA: Personaje creado por el dibujante de cómics E.C.Segar. Alta, poco agraciada, de cuello largo y pies enormes, es la novia de Popeye, que siempre la salva.

PAPERINA: Personaje de historieta y de dibujos animados de Walt Disney. Es una oca que tiene un mechón en la cabeza, lleva zapatos de tacón y tiene largas pestañas. Es la novia de Paperino y es mucho más lista que él. A menudo intenta hacerle cambiar, pero resulta inútil.

PEQUEÑA CERILLERA, LA: Protagonista del cuento del escritor danés

Deméter, hermana de Zeus y diosa de la tierra cultivada y los cereales.

Hans Christian Andersen (1805-1875). En una helada noche de invierno, la niña intenta calentarse encendiendo una cerilla tras otra y cada vez sueña algo… hasta que sus sueños se la llevan para siempre.

PIMPA: Personaje creado por el ilustrador italiano F. T. Altan. Apareció en un cómic en 1975 y más tarde en una película de dibujos animados. Pimpa es una perrita blanca de topos rojos, tiene

Helena, mujer bellísima, fue raptada por el troyano Paris. Por ella se inició la guerra de Troya.

largas orejas y sabe hablar. Vive con su amo, Armando.

PIPPI CALZASLARGAS: Protagonista de la novela *Pippi Calzaslargas* (1945), de la escritora sueca Astrid Lindgren. Es una muchacha de

EN LA MITOLOGÍA GRIEGA, ANDRÓMEDA, HIJA DEL REY DE ETIOPÍA, ES SALVADA POR EL HÉROE PERSEO.

Mujercitas es una novela de la escritora norteamericana
Louisa May Alcott.

Atenea, diosa de la razón, nació de Metis
y Zeus, saliendo de la cabeza del padre.

Hans Christian Andersen (1805-1875).
Es tan famosa que en el puerto
de Copenhague hay una estatua de
bronce de ella. Hija del rey del mar,
salva a un príncipe de un naufragio y
se enamora de él. Para ser correspondida
y convertirse en mujer, acepta un pacto
con una bruja que le pide, a cambio,
su voz.

trenzas pelirrojas que viste de un modo
extraño. Tiene nueve años y la fuerza de
un león. Con una sola mano levanta su
caballo. Vive en un pueblo con su mono y
su caballo y tiene como amigos a Tommy
y a Annika, unos incrédulos admiradores
de sus proezas.

POCAHONTAS: Personaje histórico
(1595-1617) que se convirtió en leyenda.
Hija del jefe indio Powhatan, salvó la
vida del capitán John Smith, jefe de los
colonos de Jamestown. En 1995, la
Disney hizo una película de dibujos
animados basada en la historia.

REINA DE SABA: Personaje bíblico.
Llegó a conocer al rey Salomón, cuya
sabiduría es legendaria.

SHEHEREZADE: Protagonista de los
relatos persas de *Las mil y una noches.*
Sheherezade cuenta los cuentos con tanta

habilidad que consigue posponer el
momento de su muerte contando cada

Medusa, cuyos cabellos eran serpientes
y su mirada tenía el poder de transformar
en piedra a quien la miraba.

noche un cuento al rey, manteniendo
viva su curiosidad.

SIRENITA: Protagonista del cuento
del mismo nombre del escritor danés

WENDY: Personaje del escritor James
Matthew Barrie (1860-1937) protagonista
del largometraje de dibujos animados de
Walt Disney *Peter Pan* (1953).

WILMA PICAPIEDRA: Protagonista
de la serie de dibujos animados *Los
Picapiedra (the Flintstones)* de Hanna
Barbera, de la que en 1994 se rodó una
película con actores de carne y hueso.

Iris, mensajera de los reyes,
simboliza el arco iris.

EL CUENTO DE BLANCANIEVES Y LOS SIETE ENANITOS FUE ESCRITO EN EL SIGLO XVIII
POR LOS HERMANOS GRIMM.

Historia de las mujeres
Desde la antigüedad hasta nuestros días

▶ Milenio IV-III a. c.

Las mujeres sumerias podían divorciarse y realizar una actividad por cuenta propia.

▶ Milenio II a. c.

En Babilonia, las leyes de Hammurabi reconocían algunos derechos a las mujeres, como heredar parte del patrimonio paterno y el derecho a una dote.

En el Antiguo Testamento, aparecen varias mujeres de carácter fuerte y valiente, como Judit, Rebeca, Noemí, Sara y Raquel.

En el Antiguo Egipto, Hatshepsut gobierna Egipto en solitario durante veinte años.

▶ Siglos VI-V a. c.

En Atenas, las mujeres no tienen potestad sobre los hijos ni sobre sus propios bienes, y viven confinadas en los aposentos femeninos, los gineceos.

Esparta es la única ciudad de la Antigua Grecia en la que se educaba a las mujeres igual que a los hombres, con estrictos deberes para con la comunidad y, en la práctica, con los mismos derechos.

▶ Siglo V a. c.

Las mujeres etruscas, cultas e instruidas, son iguales que los hombres.

▶ Siglo II a. c.

A diferencia de Grecia, la mujer romana no está confinada en sus aposentos, sino que es *domina*, es decir, señora de la casa. Se ocupa de la educación de los hijos y es copropietaria de los bienes. Sin embargo, la legislación romana no reconoce derechos formales a las mujeres y las excluye de los asuntos públicos.

▶ Siglo IV

La joven Mulan, hija de un general chino, combate con extraordinario valor en defensa de su país.

▶ Siglo V

Las leyes germánicas no reconocen ciertos derechos formales a las mujeres. Sin embargo, en la vida cotidiana, desempeñan un papel importante: «En la guerra y en la paz, la mujer comparte la suerte del hombre; con él vive, con él muere», cuenta el historiador Tácito.

▶ SIGLO VI

Teodora de Bizancio redacta leyes en defensa de los derechos de las mujeres adúlteras o repudiadas.

Los francos salios promulgan la ley sálica, que excluye a las mujeres de la sucesión al trono. Dicha ley permaneció en vigor en Europa durante muchos años.

▶ SIGLO XI

Las mujeres, durante el feudalismo, están sometidas al padre, al marido o a los hijos varones, y no tienen ningún poder. Según las leyes, «un feudo es una tierra que se mantiene solamente con el uso de las armas», por lo que la mujer no sería capaz de defenderlo.

A menudo las jóvenes estaban obligadas a pronunciar los votos y a encerrarse en un convento.

▶ SIGLO XII

La llegada del amor caballeresco a Francia y España mejora las condiciones de la mujer, que es idealizada y adorada por las canciones de los trovadores.

Muchas damas, como Leonor de Aquitania y Blanca de Navarra, protegieron a literatos en sus cortes.

▶ SIGLO XIII

En la ciudad, las mujeres empiezan a dedicarse a la artesanía y al comercio. En París, muchas mujeres se inscriben en los gremios de oficios.

▶ SIGLO XIV

En Alemania y Checoslovaquia las mujeres trabajan en las minas, codo a codo con los hombres.

▶ SIGLOS XV-XVI

La Inquisición persigue a los judíos y musulmanes en España, pero también a las mujeres en Inglaterra y Francia, a las que se acusa de brujería.

▶ 1713

Carlos VI de Austria promulga la *Sanción Pragmática*, con la que queda abolida la ley sálica para poder asegurar el trono a su hija, la futura emperatriz María Teresa.

▶ 1791

Se publica la «Declaración de los derechos de la mujer y de la ciudadana», de Olimpia de Gouges. Esto podría hacer pensar que la Revolución Francesa concedió más derechos a las mujeres, pero sus reivindicaciones no fueron consideradas políticamente importantes.

▶ 1848

Primer convenio sobre los derechos de las mujeres en Seneca Falls, EE.UU.

▶ 1893

Nueva Zelanda es el primer estado del mundo en conceder a las mujeres el derecho al voto.

▶ 1903

Emmeline Pankhurst funda la *Woman's Social and Political Union*.

▶ 1905

Un periódico inglés llama con menosprecio *sufragistas* a las mujeres que luchan por obtener el derecho al voto.

El término, que deriva del latín *suffragium-voto*, gusta mucho a las militantes del movimiento por el voto de la mujer y, a partir de ese momento, lo adoptan.

▶ 1918

En Inglaterra, las mujeres que han cumplido treinta años obtienen derecho al voto.

▶ 1920

La constitución norteamericana concede el voto a las mujeres que han cumplido treinta años.

▶ 1933

Tras el derrocamiento de Alfonso XIII, el 14 de abril de 1931 se instauró en España la Segunda República Española, durante la cual se concedió el derecho al voto de la mujer.

▶ 1946

A las mujeres italianas se les reconoce el derecho al voto y son elegidas veinte como diputadas.

▶ 1963

En Estados Unidos se establece oficialmente que es ilegal pagar a una mujer un salario inferior al del hombre por una misma actividad.

▶ 1970

Se celebra la primera conferencia del movimiento para la liberación de la mujer en Oxford, Inglaterra.

▶ 1975

Se reforma el derecho de familia en Italia.

ÍNDICE

Título original *Vita avventurosa delle donne famose*
Texto de Clementina Coppini
Ilustraciones de Alessandro Biffignandi

Diccionario de mujeres célebres y **Diccionario de mujeres imaginarias**
Texto de Sophie Benini Pietromarchi y Pilar Benavides
Ilustraciones de S. Addario, S. Baraldi, G. Bartoli, P. Cattaneo, S. Cavina, L. Maraja,
A. Marcuzzi, S. Rizzato, R. Tedesco, M. Wolf

Traducción de Josefina Caball Guerrero

Diseño del libro
Adriana Sirena, Geronimo Stilton

Coordinación editorial
Marcella Drago

Colaboración de Marisa Giorcelli, Caterina Marietti

Composición gráfica
Laura Zuccotti

Publicado en lengua castellana por
EDITORIAL MOLINO
Calabria, 166 - 08015 Barcelona

ISBN: 84-272-4150-X

Impreso en Italia - Printed in Italy
Mayo 1999